魔術魔術快點變

林加春／著

目次

1 康努找蛋

「你知道哪裡有蛋嗎？」康努問我。

他是個紅頭髮小男孩，趴在池塘邊草地上，滿手都是泥巴，臉上黏著一撮土和兩三枝草葉。

他已經忙很久，卻沒有任何結果。

昨天他跟賣蛋的老闆要一個蛋，被搖搖頭說「不行」，他再去找養雞的阿婆要一個蛋，也被搖搖手說「沒有」。

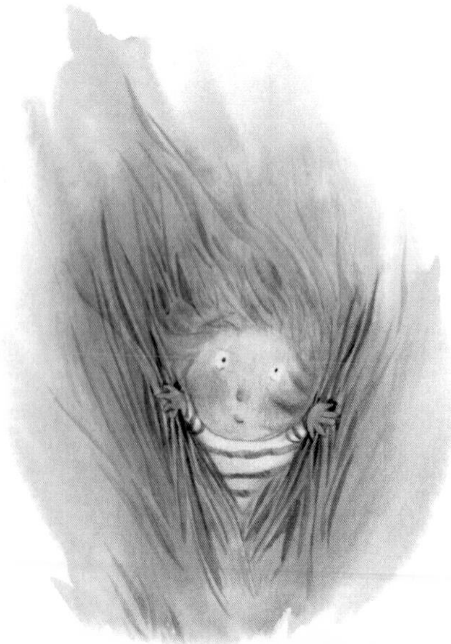

我知道康努在找蛋，之前，他在樹根挖到很多顆白色大蘑菇，高興地說那是「樹蛋」，又到處收集白色卵石，說那些是「石頭蛋」。

我也知道，大家都笑他是「小搗蛋」。

今天一大早出門，康努先爬到樹上想找鳥蛋，樹枝劃破他的手腳皮膚，臉頰也留一條細細傷口，但是沒有發現任何蛋。

下了樹，他去草堆裡找，還是沒收穫，唯一讓他高興的事，是樹上的鳥被他嚇跑了，草堆裡的雞被他嚇跑了，不過鳥和雞都沒有罵他，只是「拍拍拍」「勾勾勾」的繞著他飛飛跳跳。

「你想做什麼？」我窩在池塘邊的石頭上，聽他說完這一大堆，抬頭問他。

第一次見到康努時，一隻大狗在追我，康努幫忙趕走大狼狗，陪我走到池塘，看我搖扭屁股下水游泳，他笑哈哈，也跳進池塘玩。

我們一起玩水後成為朋友。

「你找蛋做什麼？」我又問一次。

「我過生日，要吃一個蛋。」康努抹抹臉，泥土黏到嘴邊，像長了鬍子。

媽媽在他生日時剝了一個白白的水煮蛋，摟著他，陪他吃了蛋，還說：「生日的時候吃一顆蛋，要記住喔。」

可是那一天後，媽媽不見了，爸爸說媽媽在天上很忙，沒空回來看他。還好，會打人的爸爸讓康努住到叔叔家，叔叔對他很好，讓他從早到晚在外面玩，不洗澡也沒關係。不過，康努沒忘記吃蛋的事。

「你應該跟叔叔說。」我離開石頭走上岸。

康努搖搖頭，他住在好心叔叔的家，不能隨便拿蛋吃。

「我找蛋，過生日要吃一個蛋。」康努小聲說。

我蹲到康努身邊，仔細看看他，那頭紅色鬈髮讓康努像髒兮兮的布偶娃娃。

「我幫你找蛋。」

我先閉上眼睛用心想著「大可」「大可」，然後大聲

「呱呱、呱呱」叫四五遍，接著抬起屁股搖搖扭扭。

「你在做什麼？」康努驚奇的推推我：「你是一隻鴨子嗎？」

「別吵，這樣才容易找到東西。」我要康努把石頭旁的草叢翻一翻，「說不定有蛋。」

康努真的去翻草堆，我趕快變魔術：「媽媽！一個蛋！」

果然，康努叫起來：「有鴨子！」

一隻鴨子歪歪頭，扁嘴巴呱呱呱。康努很開心，指著衣服上的圖，那是一隻肥嘟嘟戴帽子的唐老鴨。「喏，這是媽媽給我的衣服，鴨子就在上面喔。」

鴨屁股下滾出一個蛋，溫溫熱熱的，鴨子呱呱呱叫：「生日快樂。」

「哈哈哈」，康努捧著大鴨蛋，快樂地抬頭望向天空大聲喊：「媽媽，跟我一起吃生日蛋！」

2 大可有小鴨

「你真的讓我生了一個蛋！」

鴨子大可追著我呱呱叫。

「不，我沒……」我搖搖手。

剛才，我呼喚鴨子大可來到這處草叢，緊跟著，紅頭髮小男孩撥開草叢，看見大可，又在大可屁股下看見一個蛋，小男孩笑哈哈，拿起蛋跑了。

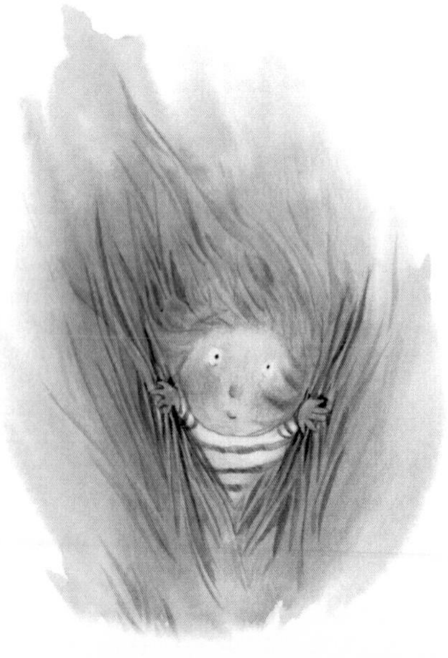

「大可，那只是我變的魔術。」趁大可暫時停住嘴，我趕快說。

「蛋是我放的，你沒有生蛋。」為了滿足小男孩找蛋的心願，我請大可幫忙完成這一次魔術。

「你是說，你變出一個蛋？」大可拍翅膀繞著我走一圈，似乎在檢視我有沒有說謊。

我會變魔術。手腕一翻就能弄出一束紙花；伸手往空中一抓，吹口氣，就有一隻鴿子從我掌中飛出來；隨便往任何人頭上摸一下，就會出現一頂帽子、一條絲巾；變鈔票也沒問題……

很多人稱讚我的魔術，經常請我去表演，但是，自從我

變出一本書之後，我就不再玩這種把戲。

「你怎麼了？」大可問我，因為我正把一塊石頭往頭上戴。

「壓力！一頂高帽！」

大聲喊出來後，我閉上眼，集中精神用心想著：「變！變！變！」

「呱呱」「呱呱」，聽見大可興奮的叫聲，我慢慢張開眼睛，摸摸頭頂，沒錯，是一頂高帽子戴在我頭上。

「你真的會變！」

「你沒說謊！」大可又繞我走一圈，話裡全是驚訝。

被我變出來的那本書不是道具，是一本不請自來的奇怪魔法書。書裡那些不靠道具、無中生有的神奇高超手法，讓我深深著迷，不厭其煩的試了又試，到目前只順利完成了幾次，老實說，我也弄不清楚成功的關鍵是什麼。

「你可以用魔術讓我生一個蛋。」大可又追著我。

「用你的神奇魔術幫我一個忙！」大可激動到嘴喙敲著我的腿，痛死了！

唉唷，我該怎麼解釋呢？

「不，你是一隻公鴨，公鴨子不可能生蛋……」

「誰說的！我是一隻母公鴨，當然能生蛋！」

大可的話把我嚇一跳。

母的公鴨！基因突變嗎？是有可能，那麼，我說不定能

讓他當一隻鴨媽媽！

「你喊幾聲嘛，像把石頭變帽子那樣。」大可把神奇魔術說得太簡單了。

「欸，剛才只是偶然成功一次，我還在試……」拿下高帽子給大可，他把頭伸進去，帽子恰好坐在他身上，完全遮住他的頭和脖子。

「愛心！母鴨帶小鴨！」我專心默念：「變變變！突變！」

走進池塘游水的大可，看起來好像一頂帽子漂在水中。

幾天後，「呱呱呱」的聲音停在我腳邊，戴帽子的大可叫我：「你看。」

我蹲下來，掀開那頂高帽，一隻小鴨在裡面咻咻咻咻叫，哇！

「怎樣？不錯吧！」大可歪頭乜我。

「你怎麼有鴨寶寶？」

「我生的。」大可很神氣，不過他沒忘記說：「謝謝你的魔術。」

喔，這真是我變的魔術成功了嗎？還是大可本身的關係呢？

3 意外出現的書

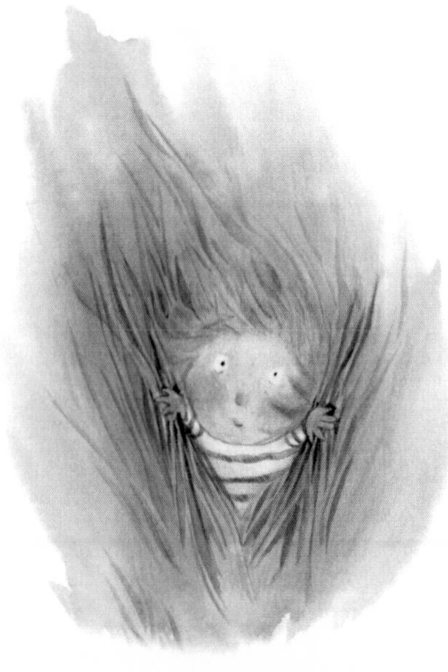

研究魔術是我的興趣，上台表演卻是為了賺錢。為了求演出成功，我會一再練習，想妥每個細節，連「萬一失手砸鍋」或是「有人來鬧場要怎麼應付」這種問題都列入考慮。沒辦法，阿丁魔術師太出名了，古書說「凡事豫則立，不豫則廢」，有準備總是好的。

現在，我抹好臉上油彩，穿起彩色條紋連身衣服，把紅色大圓鼻掛上頭，鏡子裡出現一個小丑，咧開大大嘴角，睜著大大星形眼睛。

「嗨！」朝鏡子揮手，我裝扮好了，充滿信心地走向前台。

小丑阿丁要變魔術囉！

今天的劇情是：小丑走在路上，被憑空出現的石頭絆倒，跌得大鼻子歪了，爬起來找石頭理論，石頭竟然變成狗，朝小丑凶狠撲叫。

小丑嚇到轉身跑，背後竟然拖著一條尾巴甩呀甩，小丑忙要藏起尾巴，尾巴卻斷了掉落地，「空咚」一聲，變成鋼盔。

小丑拾起鋼盔往頭上戴，不料有水潑灑下來，淋得慘兮兮。小丑無奈的擰乾衣袖褲腳，水滴落下來，變成一張一張鈔票。小丑哈哈笑，趕忙撿錢，哪知一整疊鈔票瞬間變成一本書……

石頭、狗、尾巴、鋼盔、水和鈔票、書本，這些事先準備的道具一樣一樣順利出現，搭配我的動作表情，可憐又好笑的小丑逗得觀眾開心不已。

表演結束了，我把書往空中丟，要讓書變成白鴿飛走，想不到鴿子沒出現，道具書扔出去後又直挺挺落下，砸中我腦袋，好像電流通過全身，痛死了，我躺在舞台上手腳發硬。

「咦……」「他怎樣了？」「發生什麼事？」觀眾等了

一會兒，看我沒動靜，有人問，有人站起來看究竟。

「喂，起來。」「漏氣唷。」「變不出來齁？」「起來，起來……」台下議論紛紛，開始噓聲鼓譟，還有人要爬上台。

真的，表演失手有夠丟臉！

「絕不能砸『阿丁魔術』的招牌！」想到這裡，我忍住痛來個鯉魚翻身，揚手撒出密袋裡預先準備的一大把糖果，趁觀眾忙著搶，我笑嘻嘻的鞠躬謝幕。

下台後我趕快去檢查道具，發現有古怪。

原本很輕的空殼書變成一本真的書，這不是我的道具，它怎麼會出現？我遇到來踢館的高手了嗎？是誰？

4 怪書怪問題

一本意外出現的書，差點砸了我的魔術表演。

那本書沒有書名，封面是普通的影印紙，頁數多、字又大，第一頁只有幾個字，全都跳起來吼出聲：「你為什麼使用魔術？」

咦，書會說話？

「你為什麼使用魔術？」書又問了一次。

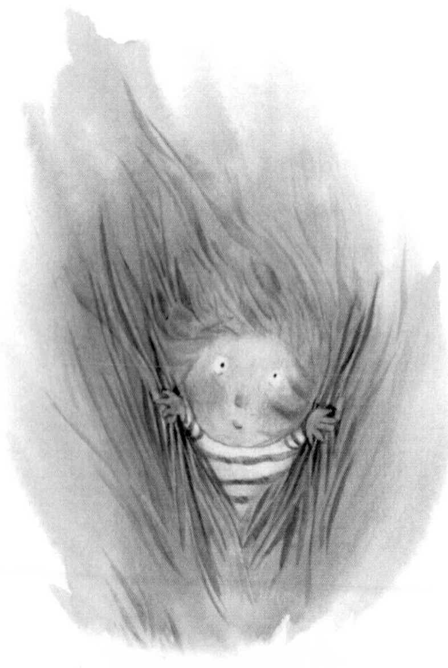

「喜歡，好玩呀！」我驚喜的和怪書互動。

噓聲、笑聲飄出來，似乎不認同，這讓我有點窘，有什麼不對嗎？

書頁跳動像嘴巴開合，聲音如同獅子吼：「丟掉道具，學高明的魔術。」

口氣很像大師在指點：高明的魔術不需要道具。

嗯，這話深得我心。捧著書，我很誠懇的鞠躬：「啊，是的，請教教我吧。」

立刻，書頁「唰唰唰」自動翻掀，很多圖像連成一部動畫，彷彿有個隱形人在變魔術，高超奇幻的手法，教我眼界大開，越看越著迷。

最後一頁還是那幾個大字問我：「你為什麼使用魔術？」

嘴巴ㄚ得大大，我說不出半個字。說真的，除了「好玩」和「賺錢」，我沒有其他答案，這樣是不是太膚淺了？

「請教教我吧！」

「你為什麼使用魔術？」還是那個問題。

想了又想，我硬著頭皮大聲說：「幫助自己。」

書頁笑出一個大嘴巴：「有進步。」「還不夠。」

怪書又「唰唰唰」翻得飛快，內容不同了，另一套新的魔術等著我。目不轉睛仔細瞪著，我找不到任何破綻，也想不出那是如何辦到的，像極了仙界巫界的法術。

「魔術為什麼幫助你？」哇，連最後一頁的問題也換了。

新的問題又把我考倒，不過這種互動太有趣，我猜想，如果我的答案ok，它就會給我新的東西。

「魔術為什麼幫助你？」

靜靜等書頁問完，我鞠躬說出答案：「讓我幫助別人。」

書頁立刻啪啪啪翻掀，爆出一陣掌聲：「很好。」

「找關鍵字。」

怪書又說了這四個字，之後它合起大嘴巴，沒再給我任何內容。

什麼意思呀？

不等我問出口，這本書飛向空中，在我頭頂繞一圈，隨即消失，沒了！

沒有任何火光、煙花或聲響，一本書就這麼瞬間化無，這……

怪書，真的存在過嗎？它來做什麼？

5 是誰潑冷水

不請自來的一本怪書，居然要我丟掉道具，學什麼更高階的魔術。

練習魔術，也在舞台上表演多年，我深知魔術的奧妙。說實話，不靠道具，想要無中生有，憑空變出個什麼東西來，或把什麼事物變不見，我再怎麼分析都覺得不可能！

但是「高階魔術」這幾個字很吸引我，為了突破道具的

限制，我願意試試看。

剛開始一點頭緒都沒有。我研究過畫符和咒語，又去舊書店找奇門遁甲、乾坤大挪移之類的術數古籍，認真讀了幾本，希望能從道士的法術找出訣竅來。

散步時，我試著對路邊小草喊：「花！」但草還是草。我併起右手食指中指朝它畫符，喊：「花，出現！」路邊的草沒有開出花，它仍然只是草。

有個歐巴桑騎腳踏車經過，我閉上眼，揮手朝腳踏車喊：「一把雨傘，變。」「變變變！」

「喂，瘋子喔，亂叫。」歐巴桑摘下斗笠回頭罵我。

唉，斗笠沒變成傘，也沒變成別的東西，只有我變成了瘋子！

試了又試，不行就是不行。失敗的滋味嘗久了，我喃喃自語，渴望成功。

「只要一次，一次就好，請讓我成功一次……」

道具已經收在箱子裡鎖上了，我揪緊頭髮，硬是扭轉視線：「不行就是不行！絕對不再用道具。」

為了拒絕誘惑，我乾脆請資源回收場的阿伯來拿走那箱子。

「好看的故事都是人寫出來的！」我告訴自己：人腦可以想出各種不可能，而且把不可能變可能，我一定會練成這種魔術！

在屋外練習會惹人注意，我留在屋裡踱步、思索，獨自面對失敗。

偶爾一次，我回過神，發現自己站在鏡子前，鏡裡那個人蓬頭亂髮，滿臉憂愁苦惱，我忍不住嘲弄自己：「你作夢。」「潑冷水。」「變！」

才說完，不知哪來的水猛地從頭澆淋下來。我驚詫的跳開，摸摸頭、臉、衣服，濕濕的，手掌還有水。

旁邊沒人，水龍頭離我很遠，天花板沒漏水……

那，水是我變出來的嗎？魔術成功了嗎？

腦袋裡突然亮了，哈哈，我跳起來。

6 我把自己變矮了

練習高階魔術總是失敗的我，無意中喊出「做夢、潑冷水、變」這種話，誰知真的有水淋得我滿身濕，我的「指令」應驗了嗎？

一般人被潑冷水應該很掃興，我卻當作是學習高階魔術後，好不容易才有的第一次成功，跑出屋外又笑又叫，朝著路邊的樹手舞足蹈，哇，我太高興了。

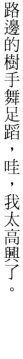

抹去頭上、臉上的水，稍稍冷靜後我又興致勃勃地喊：「你長高」「潑冷水」「變！」

喊完我特意拍拍頭頂，再比比身邊的樹，希望複製剛剛那次成功的經驗。

等了一下，沒有水從天而降，這不意外，我安慰自己：「沒關係。」

回家後發現，平日合身的長褲穿起來卻拖到地上被腳踩住，提起褲頭往上拉還是一樣。脫下長褲找皮尺來量，褲子依舊那個長度。怪了，是我的腳變短了嗎？

不信邪，我站到牆邊再量自己，「一五八？」

我原本有一六八公分，現在竟然一口氣短少十公分，開什麼玩笑？

站到洗臉台前照鏡子，發現眼睛平視只到鏡子下方，不像先前幾乎到鏡子頂。

無法置信地瞪著手上皮尺和牆上記號，難道是我把自己變矮了嗎？忍不住罵自己「豬頭」，怎麼笨到拿自己做實驗？

接連幾天，我沮喪懊惱，什麼事情都沒法做，直到一陣風還是一道陽光來叫醒我：「那是成功的魔術，符合你所喊的指令。」

但就算成功了又怎樣？代價太「高」了！消失的十公分讓我悲傷得想痛哭一場。

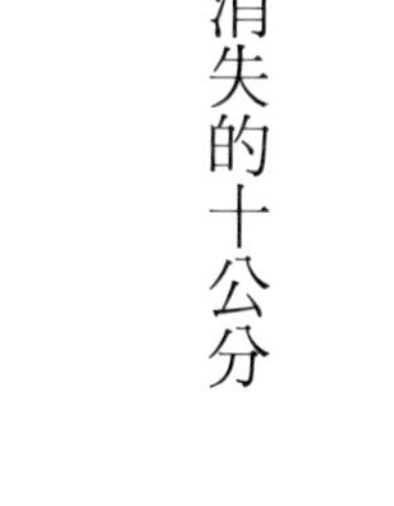

不甘心、不認輸，我命令自己：一定要學會這種魔術。

要把身高「變」回來嗎？當然！

不過，我決定先針對營養和運動著手，每天出門走路、跑步、爬樹、游泳，努力吃好睡飽，身高，暫時就隨它去吧。

不但變矮，我也變瘦，乾脆改變造型理個光頭，看起來就像國中學生，如果有誰再見到我，應該認不出阿丁魔術師了。

也好，那就重新出發，把舊身分連同道具一起丟掉吧。

這就是我的故事。

搬到現在住的偏鄉小村，大家以為我是準備考試的學生，沒有人知道我的過去。日子一天一天過，我腦中全塞滿了魔術，隨時都想著「變、變、變」。

剛才送貨的老張請我接下一個紙箱，突然低頭看我的鞋，又打量我的頭。

「喂，阿拉丁，你去接骨喔，怎麼長高了？」

「是你變矮了。」我不喜歡這個玩笑，隨口回他一句。

老張的年紀比我大許多，身高縮水是有可能。

「別生氣，你真的比較高了。」老張離開前又認真說一次。

哼，聽聽就好。

7 阿婆眼裡有光

午餐後我出門散步，坐在池塘邊構想魔術手法，突然有個老阿婆走來，被石頭絆倒，歪靠在一棵春不老身上，差點跌進水裡。

「阿婆，小心哪！你來池塘邊有事嗎？」我趕過去扶她。

「你有看到貓嗎？黑的，有白腳蹄。」阿婆沒站好就急著問。

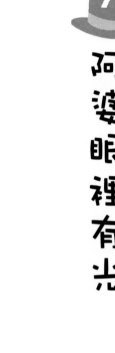

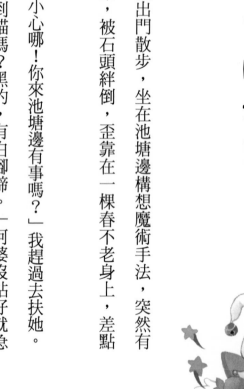

「這裡沒有貓啦，阿婆你住哪裡？我陪你回家吧。」

阿婆緊抓著我：「唉，我出來找那一隻貓，牠咬走我曬的魚乾。」

路上，阿婆嘮嘮叨叨，說她一個人住，自己煮食、打掃。扶她走入老舊瓦房後，發現屋裡一片亂又暗。

阿婆顫抖著手向我訴苦，她的眼花了，經常都霧茫茫看不清，快變成瞎子了。

我猜阿婆有白內障，手術可以解決她視力的困擾，但阿婆沒有家人陪伴，要看醫生都很困難。

「把貓找出來會容易些。」我想，也許，用最近練習的高階魔術可以把那隻貓變出來！

我這樣想，張口就喊：「一隻貓，出來。」

「有嗎？在哪裡？快點抓……」阿婆左右看，蹲下來伸手四處摸。

「對不起啦，阿婆，我弄錯了。」貓沒變出來，我很窘，臉紅耳朵熱，變魔術失敗真丟臉，還好阿婆不知道。

看她孤單無依，我陪阿婆一整個下午，跟她聊天，幫她清理屋子，離開時我告訴阿婆：「屋子裡都乾淨了。」「看起來很亮。」

怕阿婆去池塘邊有危險，我又大聲提醒她：「出門走路小心喔，不要去水邊。」

對著阿婆那雙混濁眼珠，我下意識地默念：「看見。」

「一個希望。」「變！」

阿婆駝著背朝我彎腰：「多謝。」

她笑得很開心，眼睛眨了又眨，居然有影像在眼珠裡。

怎麼回事？

帶著喜悅和疑問，我慢慢踱回家，發現天上有兩道重疊的淡淡彩虹，沒下雨怎麼有霓虹呢？眨眨眼再要看清楚，竟然就不見了，天空灰灰白白的。

接著想起老屋阿婆眼裡的影像，會不會也莫名消失？

隔天再去探望阿婆，她正在晾衣服，笑呵呵跟我打招呼時，眼裡確實有光。

這真的是魔術嗎？怎麼會……

8 羊乳片？真巧

散步時遇到一頭紅髮的小康努，還是穿著那件唐老鴨圖案的衣服。

他在路邊的茄苳樹下跳，想摘果子。褐綠的茄苳小圓果落地後，多半散開不成串了，康努拿衣服兜住。

「嘿，康努，在做什麼？」

「要不要吃？」康努笑嘻嘻送我幾顆。

我嚼一下，澀澀的，還會咬嘴。

「這怎麼好吃？」

「媽媽說，泡糖泡鹽就更好吃。」康努一邊撿一邊說。

「你想吃？」

吃這個還不如吃糖果，我想，等一下就去買些糖果給他解饞。

「我想媽媽，她很久很久沒來看我了。」

康努坐到茄苳樹腳撥弄衣兜裡的果子，臉上沒了笑容，低下頭說：「很久很久了。」

這個小男孩平日總是笑哈哈，但我知道他沒忘記天上的媽媽。

「長高了，長高了，變變變。」我大聲喊，康努果然嚇一跳地抬起頭，我一把將康努舉高：「來，你摘吧。」

他笑嘻嘻摘下一串茄苳果，沒再提媽媽的事。

放下康努，腦子閃過一個念頭：如果能找來他的媽媽，滿足康努的想念……

最近學的神奇魔術可以這樣運用嗎？抓抓頭，我一點把握也沒有。

「康努媽媽，請來看康努。」我先誠心默禱，希望能成功。

要用魔術變出一個從沒見過的人，該用什麼指令呀？

閉起眼睛深深吸口氣，我集中精神在腦子裡大喊：「搜尋。」「一個夢！」「變！」

糟糕，眼皮閉太緊，眼珠子差點擠出來，我趕快轉轉頭，眨眨眼，順手摘下幾串垂在眼前的果實。

「給你。」

遞給康努時發現他睡著了，臉上亮亮的，嘴角彎彎的，在笑哩。

把果子放在他腳邊，我安靜離開。

走進雜貨店，我在一櫃子的糖果罐前看了又看，拿不定主意。

哪一種糖果比較適合康努呢？

心不在焉地走出店門，頭頂忽然涼颼颼，一摸，哎，帽

子被招牌勾掉了。

撿起帽子戴上，正好見到康努在路上跑。

「我看到媽媽了。」康努紅著臉頰，笑哈哈，滿頭汗，被我叫住時第一句話就這樣說。

「在哪裡？」

「我夢到的，媽媽抱抱我，叫我別吃生的果子，可以吃羊乳片。」

嗄？

我摸摸口袋，是有一包羊乳片，剛剛從雜貨店買來要送給康努的，怎麼這樣巧？

9 老杜和大可

住處附近有個池塘，走完一圈要三分鐘，靠馬路這邊還算乾淨，可是再進去些，雜草蓋住了岸，池塘全被垃圾廢土堵塞，很荒涼。

我搬走幾大塊木條、塑膠板、石綿浪板、保麗龍板，又撈出幾個破花盆、壞水桶，卻沒法清掉臭味汙泥。

池塘臭噁到沒有人想靠近，只有我戴了口罩、捏住鼻

子，好奇地在池塘邊走，不小心看見一隻烏龜從爛泥堆裡鑽出來。

牠整天在池塘裡爬呀游啊，把泥土翻翻攪攪、掏掏挖挖，一點也不嫌髒。

有天我在附近一條小河發現鴨子大可，牠用翅膀夾住河水，扁嘴裡咬著一顆蛤蠣，搖扭屁股、踱鴨蹄走出小河，很快就不見了。

等我喘吁吁追上前，大可早已走進爛泥塘，窩出一個圓圓的深坑，鬆開翅膀讓河水流進坑。

嘿，這是鑽水井嗎？「變！」我心裡忍不住喊。

大可把口中蛤蠣小心放入水坑裡，乾淨的水從蛤蠣張開的嘴冒出來，漸漸的，清水從一個小圈變成一個小漥，又滿過水坑流向周圍。

這時，那隻烏龜爬出池塘，嘴裡咬著塑膠袋破布條，放在泥塘岸邊。我從目瞪口呆到如夢初醒，趕忙過去把這一大堆臭東西清走。

一天接著一天，忙進忙出，一人一鴨一龜就這麼變成夥伴。我們一起工作，烏龜老杜動作慢吞吞，說話卻很快，我常聽不清楚。

「他說什麼？」跟老杜交談還不太靈光，我只能再向鴨子大可問個明白。

「布袋蓮長太多了，老杜覺得妨礙交通。」大可呱呱

呱，我聽懂了。

大萍和布袋蓮是老杜咬來種的，有這兩樣寶，池塘水就不會發臭混濁。

現在，池塘不同了，水很清澈，有魚，有蛙，有蝦貝，還長了漂亮布袋蓮和大萍。有花有草，有蝴蝶、蜻蜓，很舒服漂亮，可以下水游泳了。

景色動人、充滿生命力的池塘，村子裡的人、偶爾來的遊客，總是停下來歡喜稱讚。

小孩子們，尤其是紅頭髮男孩康努，最愛扶著石頭下去玩水。有些家的大人會禁止，但康努沒人管，總是在池塘裡玩得全身濕，順便把自己身上洗乾淨。

除了被大人責備，從沒有哪個小孩因為在池塘玩出過事情。我知道，老杜和大可會幫忙照顧，不會讓孩子們受傷，也不會讓池塘再被弄髒。

老杜和大可做的事，比我變魔術還神奇。

10 小男孩康努

紅頭髮小男孩康努沒什麼朋友，每次遇到他時，都是一個人，跑哇跳啊滿頭汗，全身污垢，髒髒的臉總是笑哈哈。

最近康努常來找我，看到我在看書，他會到旁邊自己玩石頭，追蝴蝶、蚱蜢，或是逗弄螞蟻。

等我合起書本，他就靠過來問：「書好玩嗎？」「書裡有什麼？」「你講給我聽。」

有時，我翻開書中圖片給他看，簡單解釋內容給他聽，有時我帶他去池塘，跟鴨子、烏龜一起玩。

我教康努數鴨子「呱」幾聲，說對了，烏龜會在水裡讓他當石頭踩，玩幾次後康努就學會數數兒了。

我發現陪他、教他，比買羊乳片給他吃還受歡迎，我乾脆也帶著他散步，騎單車，載著他兜風。

一天，經過老屋，坐矮凳上挑菜葉的阿婆看到我們，招手叫：「少年仔，來坐啦。」

「阿婆，你眼睛還好嗎？」我走近前問。

「有啦，看有啦。」阿婆笑呵呵，牽起康努的手：「我認得他，他媽媽是水水的外國仔，可憐呵，早早就死了。」

欸，在康努面前說這些實在不妥當，我趕快摀住康努耳朵。

阿婆忙著找毛巾和水桶，說要幫康努擦臉、洗手腳。洗乾淨後的康努，白皙皮膚、紅色頭髮、圓圓大大黑眼珠，模樣很可愛。

阿婆笑呵呵看了又看，把他攬入懷裡又嘖嘖念：「這麼小就無父無母，阿叔也不愛管，一個囝仔放得像乞丐，有夠可憐！」

真糟糕，阿婆講這些做什麼？

「魔術魔術快點變，綻放，一朵花，變變變。」我朝阿婆的臉畫圈圈，朝康努拍拍手。

糟了，沒效，再變一個：「飢餓，一頓飯，變。」

「我好餓喔。」康努大聲喊。

阿婆笑了：「來來，我煮飯給你吃。」牽著康努進屋時又叫我：「少年ㄟ，你也來啊。」

鍋鏟聲音和炒菜香味讓康努很興奮，吃飯時康努開心地看我、看阿婆，他筷子拿不好，用手抓飯菜，吃得手和嘴都油膩膩。

吃完我幫著洗碗，康努跟在阿婆和我身邊看。

阿婆問他：「你有吃飽嗎？」

康努點頭說：「有，很飽，在家吃飯很好吃，我還要來吃。」

「好好好，你就來家跟我一起吃飯。」這回阿婆笑得像花，把我看傻了。

呱呱呱，打你的頭

常去散步發呆的那個池塘，長有布袋蓮和大萍，布袋蓮花朵的紫色很神祕，我盯著看，心情不知不覺就輕鬆了。

「你是個人嗎？」鴨子大可呱呱呱問。

我會聽也會說鴨子的語言，始終讓大可很驚奇：「你跟別的人不一樣。」

「別人看到我就喊『鴨子』，你卻叫我『大可』；別的

人來池塘，釣釣魚、丟些垃圾走了，你只是來發呆、玩水、看書。」

好像也是。

「你很不一樣。」大可又呱一遍。

「那沒什麼，你看吧，就算大萍或布袋蓮，每一朵也都有不同。」我指給大可看。

「那不一樣。」大可還是這麼說。

鴨子大可住在池塘裡，我們常聊天，「呱呱」「呱呱」，牠一句我一聲，經過的人以為我在叫喚鴨子。

相處久了，我們成為好朋友，牠不隱瞞自己是隻突變鴨，有雌雄雙性器官的祕密，「別的鴨子笑我是妖怪，壞鴨子。」大可有點沮喪。

「這有什麼關係，我也常被別人笑。」我把自己學習魔術的經歷和糗事告訴大可。

「不要管別人怎麼說，快樂做自己吧。」我朝大可呱呱呱。

潑冷水、變矮了……這些烏龍又悲慘的事情，逗得大可又有精神了。

「你變魔術要先跳舞嗎？」大可問得我笑起來，牠把我變魔術時的比劃動作當作跳舞。

「不一定」，我老實說：「那本怪書沒規定。」

被不請自來的怪書打到頭昏跌倒，這件事大可聽我說過

好幾次，當然也知道怪書要我練神奇魔術的事情。

「那是神仙。」

「誰呀？」

「那本書。祂打你的頭，把神力傳給你。」大可一長串的「呱呱呱」像唱歌，我頭一次聽到。

「我有什麼神力？」

「你能和鴨子、烏龜說話。」大可呱得很大聲：「你還會用法術。」

「什麼法術？」我嚇一跳。

「你變的是魔法。」大可提醒我：能夠無中生有變出一顆蛋，把石頭變成高帽子，讓阿婆眼睛看得見……

「呱呱呱」又「呱呱呱」，鴨子唱歌真好聽，我現在才知道。

「這種事，只有神仙辦得到。」大可說。

「那只是神奇高明的魔術。」我搖搖頭，都什麼時代了，還會有神仙嗎？

「你遇到神仙了。」大可打斷我的話，還糾正我的用詞：「那是神仙高明的法術。」

「神奇魔術」變作「神仙法術」，太荒謬啦。

「神仙為什麼要長成一本書？」我還是不相信。

「神仙要長什麼樣子都可以呀。」大可游出兩條水紋，好像在笑。

「為什麼選中我？」我大聲問。

池塘那頭的大可慢慢游回來：「要你做好事吧。」

哼，什麼話？難道我都不做什麼好事？

「你跟神仙有緣。」大可又「呱呱呱」游出去。

越聽越像捉弄我！

「告訴你，那只是一本會變魔術的書，不是什麼神仙。」我對著大可「呱呱呱」，決定不採納這隻鴨子的看法。

不過，被怪書打到頭的當下，我確實全身有電，又痛又麻，真的是神仙來「醍醐灌頂」嗎？

12 變回來的身高

這陣子跑步常被路旁低垂的樹枝敲碰，有時戴著帽子跑，也會被樹枝碰掉帽子，次數多了後，我下意識地看到樹就躬身彎腰，一邊閃躲一邊朝樹木喊：「高抬貴手。」「長高一點。」

今天大清早跑完步，我順道去老屋。

阿婆的眼睛雖然能看見模糊影像，我還是想帶她去做檢

查，偏偏老人家固執不肯上醫院，我在她身邊說破嘴也沒答應。

「哎，我眼睛都能看了，去醫院做什麼？」阿婆被我煩得起身要進屋，我跟著她，發現阿婆更矮縮，背更駝了。

「不會痛啦。」我又勸一句。說話時沒當心，居然一頭撞上門楣，「叩」一聲，結結實實的。

「哇，好痛！」我伸手去搗頭。

抬眼看門框，想不懂怎麼門也來撞我？

那扇門，好像瞪著眼問我：「誰說不會痛！」

「怎樣？怎樣？」阿婆硬拉著要我蹲下身：「我看，我看。」

手拿開才發現額頭流血了。

「唉唷，阿這……」聽我一說阿婆有點慌。

我安慰她：「不要緊，我先回去擦藥。」

站起來要轉身，竟然又「叩」一聲，頭頂撞到門框，這下換腦門發暈，真是禍不單行。

「欸，你頭低一點，稍微彎一下啦。」阿婆嘖嘖唸：「你那麼大欉，會把門扛起來咧。」

大欉？我又不是樹。

定下神小心跨腳出去，回頭打量門，老舊門板突然「咿哇」一聲。

「會痛咧，你撞我做什麼？」我好像聽到門這樣說。

回到住處血已經止了，找出ok繃貼好，對著鏡子的手忽然停在半空中。

鏡子裡，我的光頭快要對齊衣櫃頂了，我有這麼高嗎？怎麼之前都沒注意到。

站到衣櫃邊比量，沒錯，只差三根指頭寬就碰到頂。這樣到底有多高？

去工具箱拿皮尺來量，一七〇！

「噢，天哪。」我高興地拍額頭，立刻慘叫回神，傷口痛得像在提醒：你是被門板撞高的。

送貨老張沒看錯，我真的長高了，不但被魔術變走的身高回復了，而且多出二公分，這要怎麼解釋呢？

除了每天運動，注重飲食營養，不熬夜、睡飽飽，還有什麼原因？

不，這回我絕對沒有施用魔術，我也不相信門板會讓我變高，莫非真像鴨子大可說的：我遇見神仙或妖怪？

那……說不定過一個晚上，我又矮回去？

猛地想起先前為了逗康努開心，我曾喊：「長高了，長高了，變變變。」跑步時也朝樹木喊過「長高一點」的話，會是這樣就把我變高的嗎？

糊裡糊塗變出自己想不到的狀況，是因為我漏了什麼「SOP」，還是因為神奇魔術真的就是這麼神奇？

13 不會看錯啦

清早騎腳踏車運動，經過市場邊，遇到一個賣菜的阿伯，正看著身旁電線桿發愁，想要收攤回家去。

他把腳踏車和籮筐、椅子都擺好了，才發現電線桿上貼了一張告示，說不准在此地擺攤，警察會取締。

我曾和這位阿伯聊過幾次話，也買過他的菜，現在遇到阿伯沒法做生意，我能怎麼幫助他呢？

「你看到警察來才收攤嘛，多少要做點生意。」旁邊賣水果的大嬸好意勸他。

我突然有點子了。

「警察一大早要忙別的事，不會來這裡啦。」我大聲講：「你只做兩三個鐘頭的小生意，沒關係啦。」

嘴巴這樣勸阿伯，我心裡一邊喊：「替換，丟垃圾，變！」又舉手朝那張告示畫幾下。

「這樣說也是……」阿伯三心兩意，看看籮筐裡青翠葉菜和肥大菜豆、絲瓜，抓抓頭，猶豫不安的搓手，坐下前又再去瞄那張告示。

「咦？」

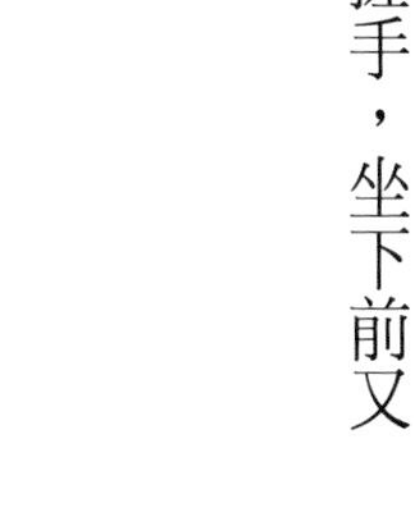

阿伯困惑地喊我：「少年仔，你替我看看，那是寫什麼？」

「哎呀，你都知道了還假裝不認識字。」大嬸嗤嗤兩聲，很不耐煩地揮揮手。

我靠近前，盯著電線桿慢慢唸：「不准在此地『丟垃圾』，警察會取締。」

「丟垃圾」三個字被我念得特別大聲。

阿伯笑哈哈，彎身坐下來：「沒問題，沒問題。」

大嬸愣一下，擠到我身邊也來看告示：「我看看。」

「咦，之前不是寫這樣啊。」她碎碎唸：「字會變喔？」

「哈呀，我看錯，連你也看錯。」阿伯開心地找出電子秤放地上。

我拿起地上籮筐裡一條大絲瓜請阿伯秤。

「這喔，一條十五元。」

掏出銅板遞給阿伯時，我提醒他：「對嗎？要看仔細喔，錢若看錯，拿少了找多了，你回去就會被老婆罵，不煮飯給你吃。」果然又把阿伯逗笑了。

「哈呀，字會看錯，錢不會看錯啦。」

大嬸跟著笑：「咳，你講話真有趣。」

拿著絲瓜說「謝謝」，我也笑嘻嘻離開，大清早就能讓人歡喜做生意，真好。

去到老屋阿婆家，紅頭髮的小男孩正跟著阿婆在壓唧筒。

「康努，來拿絲瓜。」

他跑跑跳跳，接過絲瓜就喊：「婆，煮給我吃。」

「哇，這正好煮菜瓜糜。」阿婆摸摸康努的頭：「你要多吃幾碗喔。」

嘿，我沒看錯，阿婆那表情和口氣，真的就是阿嬤疼乖孫。

14 不能說的祕密

做一個高個子是我的期望，尤其在舞台上表演，高個子總是神氣吃香，因此我用盡各種方法想增高，不料一次練習高階魔術後倒縮成矮冬瓜，讓我灰心喪志離開舞台和表演生涯。

那之後每次站上身高機，量出來都不到一六五。只有一次我撞破頭，意外發現自己長到一七〇，高興得忘了額頭有

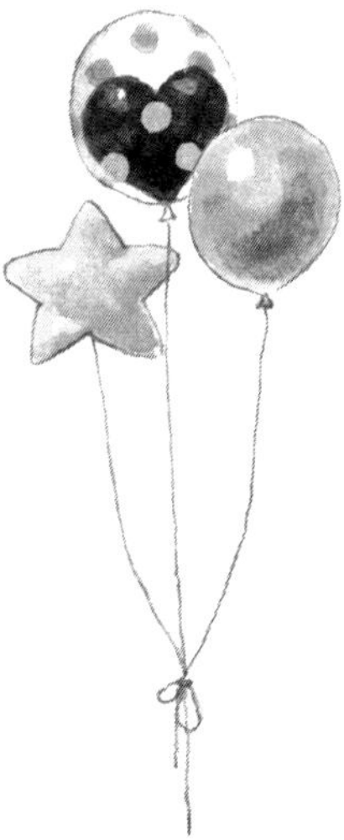

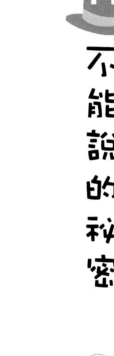

傷。但是沒過幾天又回到一六五，我的身高竟然會伸縮！我變成個彈簧嗎？

今天在市場邊，一個大嬸攔住我，開門見山地問：「可以告訴我長高的祕方嗎？」

這問題太奇怪了，她也許認錯人，我遲疑著接不下話。大嬸急了，竟然合掌求我：「請你行行好，給我祕方，我可以付你錢。」

欸，我忙著搖頭搖手，請她慢慢講。

原來，大嬸聽人說，我原本很矮，最近忽然長高了，肯定有祕方，她也想讓兒子長得高人一等。

「你聽誰說的？」我很困擾。

「送貨老張，還有老屋的阿婆。」大嬸嗓門大，旁邊聽的人漸漸圍多了，有人附和：「雜貨店老闆有說，你差點被他的店招牌削破頭皮。」

我幫開車的送貨老張卸貨，他從駕駛座看我，應該看不準。勸老屋阿婆看醫生時，我去撞到門楣，額頭流血，不過阿婆眼力不好，應該也看不真切。

至於雜貨店招牌？喔，是我買羊乳片要送康努，走出店門的事。

「沒有啦，我哪有多高。」才開口否認，賣菜阿伯就笑呵呵說：「啊，不會看錯啦，你就是那麼高，才能幫我看清楚電線桿告示啊。」

旁邊有人就問：「你身高多少？」

啊呀，我不知如何說出口，只能笑一笑，尷尬回答：「還不能打NBA啦。」

糟糕，圍觀的人越來越多，七嘴八舌問：要吃什麼偏方？哪個醫生開的祕方？去哪裡買？

大嬸又來拜託我：「好不好？你就講一下嘛，算是做好事啦。」

我口乾舌燥，脹紅臉勉強說：「嗄，就是……」

「要多運動，走路、跑步、游泳、騎腳踏車都很好。」

「不要偏食，什麼都吃，營養要夠要均衡。」

「睡眠要夠，不熬夜，心情開朗，丟掉煩惱憂愁，快樂過日子。」

「……這樣。」我把自己用過的方法誠實說一遍。

「這樣？」

顯然大嬸很失望，聽的人也不滿意，這都是很平常的知識，既不「偏」也不「祕」的方法。

連我自己也不滿意，因為我真的不高哇。

原本是一六八的身高，因為練習魔術只剩一五八，大家都叫我矮丁、阿拉丁，努力運動、吃好睡好也沒長多高。那次撞破頭後意外量出一七〇的高度，過幾天又只有一六五，這哪算「高」？

身高增增減減的，如果不是機器故障，量不出正確數

據，那就是大家眼睛有問題，看我時都眼花，把我拉高了。我的身高根本就是不能說的祕密！

找不到忽高忽矮的原因，唯一的懷疑是，我可能變了什麼烏龍魔術。還好，我告訴大嬸的方法都是有醫學根據的，希望她兒子能因此長高。

「效果，一個高人，變！」我心中大喊。

15 大可和老杜的話

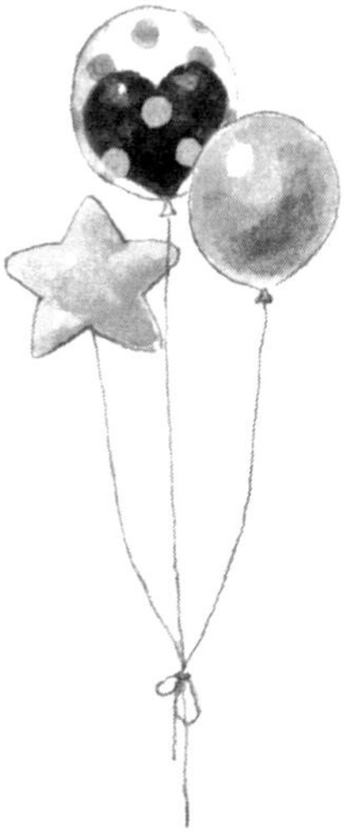

「波波波」，池塘裡，烏龜老杜昂起頭，在我面前吐氣泡，是說什麼呢？

鴨子大可幫我翻譯：「他說，你最好想想辦法。」

什麼事啊？

「小孩子要有人好好照顧他。」大可呱呱說完，又去和老杜交談。

我知道牠們指的是康努，也許，我可以帶牠們去阿婆家，跟康努和阿婆一起「度個假」。

「你可以……」大可來呱我，把我嚇一跳，以為牠知道我剛才那個念頭。

「你可以給小孩子一個家。」大可把話說完。

一個家？是一間屋子嗎？

老杜又來吐氣泡，牠這回慢慢說，我聽懂了：「你教他讀書，我們陪他玩，阿婆煮飯給他吃，這樣。」

一個家，這樣就夠了嗎？

我搖搖頭。康努需要的家，除了有飯吃、有房子住、有人陪伴讀書跟遊戲，應該還有更重要的，是什麼呢？

離開池塘時我還沒想到答案。

隔了幾天，我跑步時聽到呱呱嘎嘎的鴨子叫聲，是大可。循聲音追去，發現康努兩手抱著鴨子，「哈哈，哈哈」邊走邊笑，臉頰脹得紅通通。

「喂，康努，你做什麼？」

「我問鴨子，帶牠去玩好不好？牠呱呱呱又點點頭，我就抱牠起來。」康努很開心：「鴨子聽懂我的話。」

我把康努的話告訴大可，大可扭脖子呱呱喊：「錯了，錯了，他聽不懂我的話。」

「他來玩水，你不在，我去叫他要小心。」

喔，看來康努弄錯了。

我提醒康努：「放下鴨子，讓牠跟著你走。」

去哪裡玩呢？

「去家裡玩。」康努指著老屋，哇，他把阿婆家當作自己的家了。

「走！」康努歡歡喜喜開腳跑，一邊回頭看鴨子。大可果真跟在康努後面踱步扭屁股，還呱呱叫。

「牠說會贏你。」我在後面喊。

康努衝更快了，高聲嚷：「我會贏，我先，我先。」

欸，我要提醒他「鴨子會飛」嗎？

跟在後頭看，發現康努很會跑，手擺動、腳跨步都有模有樣。

大可追不上了，拍翅膀就飛向前，「呱呱」和「啪啪」的聲響催得康努更使勁。

他們衝向老屋時，阿婆剛好從屋側走出來，嚇到了：「怎樣？怎樣？」

「我們賽跑，我贏了。」康努滿頭汗大口喘，踏踏跳跳，逗得阿婆眉開眼笑。

「哇，跑贏一隻鴨子喔。」阿婆摟住康努，擦去他臉上汗水一邊稱讚：「知道找鴨子玩，好。」

盯著婆孫倆，我才注意到，康努穿著阿婆買的新衣服，乾淨合身，胸前也有一隻唐老鴨。

想起大可和老杜的話：「給康努一個家。」靈光閃過，我許了一個願望，高階魔術會幫忙實現嗎？

16 尋找關鍵字

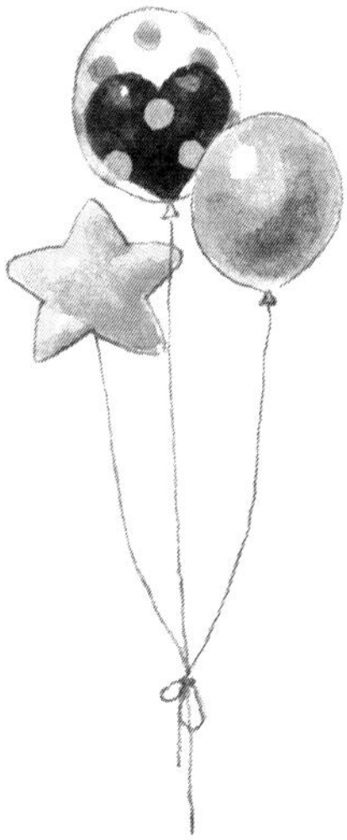

練習高階魔術後，我三不五時就鬧烏龍、出狀況，順利完成的次數不多，到底要如何讓高階魔術每次都成功呢？

仔細回想當時怪書說過的每一句話，怪書問我：「你為什麼使用魔術？」「魔術為什麼幫你？」我的答案是「幫助自己」和「幫助別人」。

這不過是問與答，我猜，要領藏在它消失前說的「找關鍵字」，那應該是一個字或詞句，就像開啟寶窟要有通關密碼、暗語，或是……

可是怎麼找呀？

「用魔術！」

突發奇想，我閉上眼深吸一口氣，喊：「變，變，變，一把鑰匙，關鍵字，變！」

果然腦海中跳出一輪閃亮的字盤，轉呀轉，不久字盤裡浮現一個冒著火焰的英文字母「N」。

喔，接下來是什麼？我緊張到忘記喘氣、呼吸。

等著等著卻沒再出現其他文字，字盤消失了，火焰消失了，只留下那個N。

慢慢睜開眼，思索記憶裡的英文單字，N起頭的有哪些呢？

想得起來的英文單字、片語不多，乾脆騎腳踏車去圖書館，上網查。

半路遇到一個女生迎面走來，叫住我：「嘿，等等，阿丁。」

聽起來像個熟人，可是我不認識她。

「丁布東。」

聽見這三個字，我嚇一跳，她怎會知道我的名字？

「你是誰？」我跳下車。

「是它帶我來的。」她手上抱著什麼，邊摸邊說。

咦，一本書，普通影印紙的封面，很眼熟，是教我高階魔術的那本怪書嗎？尺寸大小和整本書的厚度都很像，可是……

「這是什麼書？」

「我在漂鳥書箱找到它，上面有你的名字還有電話。」

「電話？」我哪有電話？

「嗯，一支電話，只有一個按鍵，我按下去，出現地圖和路線指標，我跟著地圖找來，真的就碰上你啦。」

會有這種事？

我拿過書本，很重，打到頭一定很痛。

可是書上面啥也沒有，「地圖和路線呢？」

「咦，我剛才還看到呀……」

「你到底是誰？」我再問一次。

「我叫關倩姿。」她大方的用手寫在書上給我看，「你叫我關鍵字吧，朋友都這麼叫我。」

嗄，我腦子裡「咚」一下，怪書當初消失前留下一句「找關鍵字」，我始終弄不懂意思，現在這個關倩姿找到我，她就是關鍵字嗎？是要幫助我？還是要我幫助她？

仔細看看這個女生，個子嬌小，說話帶著笑，聲音響亮，應該是熱情自信又獨立，我能幫她什麼？

我抓抓頭，眼角瞥見她腳上運動鞋有個鮮亮橘色的「N」。

天大意外，怎麼是怪書帶領關鍵字來找我？

17 是怎麼辦到的

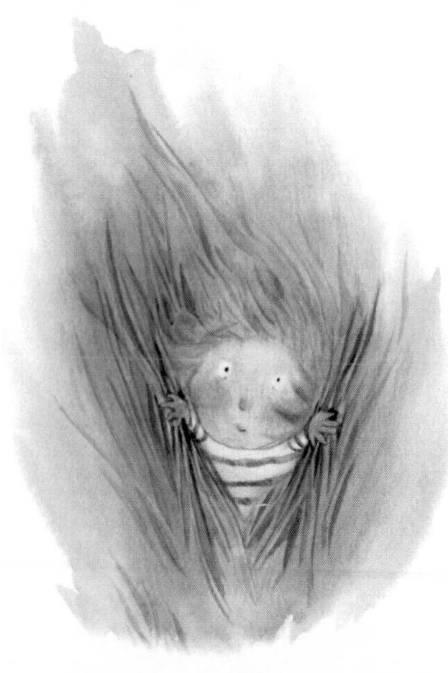

我想用魔術尋找關鍵字，卻出現一個人，把我嚇一跳。

站在面前的女人是來找我的，我們都沒見過彼此，她卻喊出我隱藏很久的真實姓名，而她的外號正是「關鍵字」。始終認為怪書說的關鍵字，應該是一個字詞或一個句子，想不到竟是一個人。

難道是我又鬧烏龍，魔術把我要找的「關鍵字」變成

「關倩姿」啦？

「太神奇了，我喜歡你這種設計。」她笑哈哈，像玩遊戲找到寶物那樣得意。

我還是很懷疑：「為什麼這本書跟我說『找關鍵字』？」

「真的假的？」關倩姿聽得目瞪口呆：「它還會跟你說話？」

她從背包拿出另一本書：「看看這個。」

關倩姿把書交給我，手一揮，那本書「咻」地從我手中飛出去，落在旁邊樹下。

「回來。」關倩姿再招手，書從地上騰空飛起，乖乖回

到她手上。

我突然警覺：「你就是那個踢館的高手……」

關倩姿沒接腔，她拍一下書背，書頁「唰唰唰」快速翻動。

沒錯，「就是這樣！」我低喊一聲，不過這本書裡出現的只有漫畫，也沒有互動問答。

「圖是我畫的。」關倩姿等書頁翻完才開口：「我喜歡塗鴉。」

「這是我的發明，到目前為止，我只能成功的叫它移動、翻動。」合起書本，關倩姿告訴我。

「它會動，因為這個。」她伸出右手腕，一個銀亮手環，很有設計感。

「遙控器？」

「是。」關倩姿抱緊書本：「可是它沒法跟我互動，也不會自己出現地圖和路線，更不會說話。」

聽她口氣熱切，神情那麼興奮的說著她的研究，我忍不住懷疑，她的腦子裡沒有別的浪漫幻想嗎？

「找到你這本書時，我以為遇到同行高手了，這肯定是加裝了什麼程式設計，或是什麼數位連結，太厲害了。」

「請問，你是怎麼辦到的？」關倩姿亮著大眼問我。

我？我什麼也沒做！

「這是裝了什麼程式設計？」她又問

「你弄錯了。」攤開手，我老實說：「這本怪書，不是我的。」

「我以為……」看著她，我搖搖頭，長長吁口氣：「這是魔術，這本書讓我變出一堆奇怪魔術。」

「那……」關倩姿想一想，順著我的話再問：「你可以教我變魔術嗎？」

聽出她的半信半疑，我只能搖頭苦笑：「那是神仙的法術。」

18 好朋友

新認識的女生闞倩姿提出要求：「請告訴我，你和它的故事。」

「他？誰？」

「它。」闞倩姿指著我手上的書，喔，她想知道怪書的事。

「好吧。」

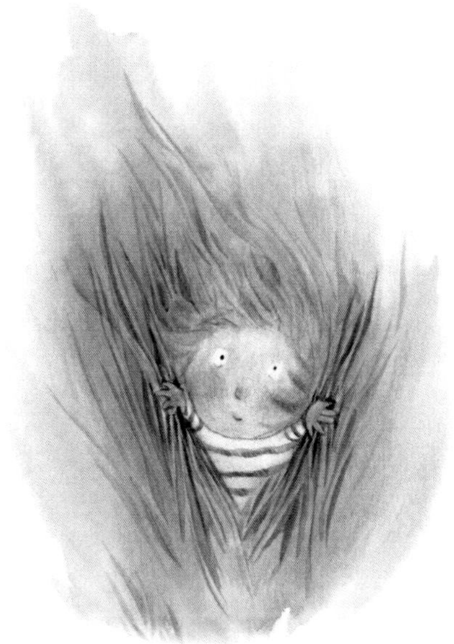

能說的還真不少：怪書突然出現又莫名消失；它教我的神奇高階魔術，成功讓小男孩康努得到生日蛋、見到媽媽、吃過羊乳片；鴨子大可因為高階魔術如願生了小鴨子，老屋阿婆的霧茫眼睛也能再見到影像……

坐在池塘邊，我把這些事，一五一十說給關倩姿聽。

她聽完後若有所思，隔了一陣子才開口：「謝謝你給我好點子。」

她把自己發明的「書」放進背包，「如果我把這作品再加上語音和影像，像你說的怪書那樣變魔術，它一定很棒。」

我似懂非懂：「你是說智慧機器？」

鴨子大可說我遇到神仙，牠說對了，可是牠一定想不到我是遇見住在「雲端」的「科技神」。

「嗯，我研究這個，這是我的興趣。」關倩姿很興奮：

「你也懂呀？」

我哪裡懂？更不懂的是：「為什麼要做成一本書？」

「書是我們一定要有的好朋友呀。」

好朋友？喔，我怎麼沒想到。

書是好朋友，魔術也是我們每個人都需要的好朋友，或許這才是高階魔術的關鍵字——好朋友。

我問她：「你騎車來嗎？」

「坐車，再走路。」

「我送你去坐車。」

牽起腳踏車拍拍後座，等她坐穩後我用力踩出去。

「鈴鈴鈴」，路上遇到康努，我用力按車鈴打招呼。

「她（他）是誰？」兩個聲音同時說。

「好朋友。」我先大聲回答康努，他笑哈哈喊：「好朋友。」

「他是康努。」我又轉頭告訴關倩姿。

「這麼小就染頭髮？」

「那是天生的。」

可愛的紅頭髮小康努讓她哈哈笑，揮手喊：「你好，康努，好朋友。」

康努追著問：「你帶好朋友去哪裡？」

「去坐車，她要回……喔，回去工作。」我小心避開「家」這個字。

離開康努騎往候車亭，路上關倩姿問我：「康努的父母是外國人嗎？」

「媽媽是，但已經到天上了；爸爸會家暴，康努託人養。」我簡單說。

「康努有點像我的好朋友……」

送關倩姿到站牌，上車之前她把怪書交給我：「我喜歡魔術，好好加油喔。」她哈哈笑，跟我揮手再見。

「再見，好朋友。」

接過書，我看著車子開走，心裡有預感，她還會再來。

19 這是個好題目

送關倩姿搭車離開後，我抱著那本怪書發呆。先前它神祕失蹤一段日子，剛剛卻指引關倩姿帶著它來找我。這次它要教導我什麼呢？

眼皮有點酸，正想打呵欠，書竟在我眼前消失了！瞪著空空的雙手，我嘴巴打開、眼皮眨動的同時，心裡好像有什麼也打開了，腦袋忽然清醒。

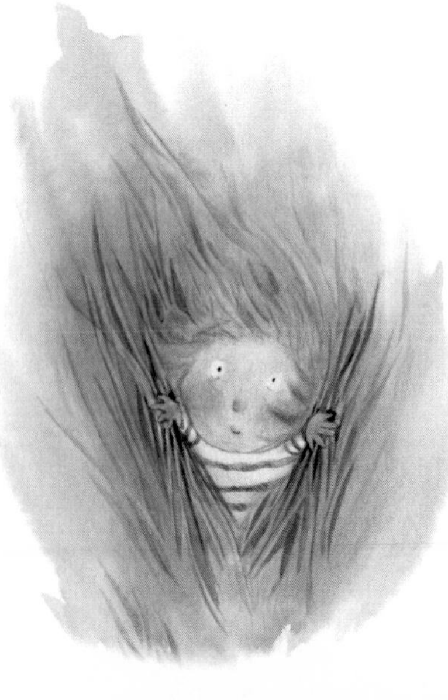

奇妙的高階魔術應該是種超能力，我可能是許了願或是出了題目，碰巧遇到神仙有興趣，送給我魔力變出來的。也有可能是我天生就有神奇能力，神仙來幫我開發……

我得承認，鴨子大可說對了，的確有神仙，我一直都在跟神仙打交道，只是自己沒察覺。

我要再繼續研究魔術嗎？當然要，我還是相信魔術，魔術不代表不真實，而且，我喜歡它帶來的樂趣，跟神仙打交道的魔術更有挑戰。

「相信」？

對了，一定就是毫不質疑的相信，才開啟了我和神仙的連結。

嘿，想找神仙當好朋友、合作變魔術，不容易的。

「呱呱」「呱呱」，大可叫我：「你要騎車游泳嗎？」

嗄，我竟然騎進池塘裡。

「當然不是。」走出池塘，我告訴大可：「我相信有神仙。」

「本來就有。」大可伸長脖子呱呱叫。

「高階魔術是神仙幫我變出來的。」承認這件事後，我心裡很輕鬆。

大可沒問我怎麼知道的，牠只問：「神仙為什麼要幫你？」

「我猜，神仙也愛玩魔術，祂們喜歡跟我合作。」

我開自己玩笑：「我是半個仙。」

「那你變一個媽媽給小朋友。」

大可指的是康努，這確實是個好題目。

受託照顧康努的叔叔欠一堆債，跑路了，房子被拍賣，康努現在都跟阿婆住。村長曾帶社工師來訪視過，我才知道康努爸爸也病逝，沒有其他親人，小康努成為孤兒了。

阿婆是獨居老人，不適合領養康努，我也不夠資格，康努需要一個完整的家。

「你變呀，給小朋友變個媽媽。」鴨子大可呱呱呱來催我。

「哎，只有媽媽也不行，要爸爸、媽媽都有……」

還沒解釋完，大可又呱起來：「你就當爸爸呀，變個媽媽就行。」

這是什麼話？

放棄跟牠爭辯，我直接向天空大喊：「請給康努一個家。」「好朋友，滿滿的愛，變！」

20 我的衣服

剛剛阿婆來找我發牢騷：「唉，那個囝仔，使性子，我都沒法子管了。」

阿婆說康努把她屋裡東西亂翻亂丟，喊也不聽。

「我又不能打，也不能罵，真想趕他出去，不理他。」阿婆也有點動氣。

我跟著阿婆來找康努，已經一屋子髒亂了，他還不停翻

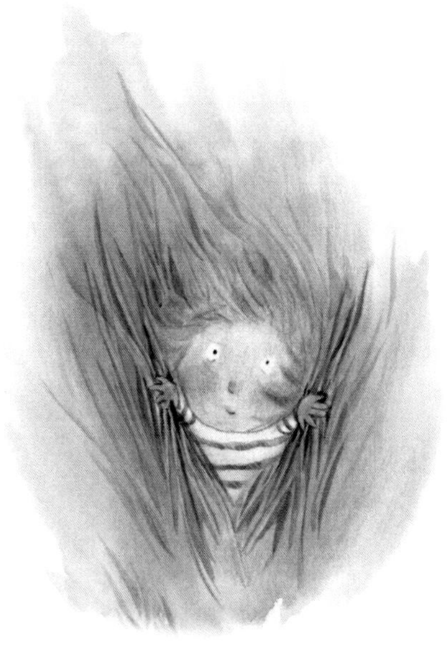

揀，拿一樣丟一樣。

「你在找東西嗎？」

「嗯。」

「找什麼？」

「我的衣服。」

阿婆氣呼呼說：「那件衣服都舊了，小了，找不到就算了，我不是買新的給你穿了嗎？」

「我就是要那件衣服。」康努執拗的喊。

什麼衣服啊？我一頭霧水。

「前面一隻鴨子的短衫，短啾啾，只蓋到肚臍，又黃漬漬，洗不乾淨，我把它丟了。」阿婆沒好氣地說。

康努一聽，把地上東西又踢又踩，「那是媽媽給我的……」

「啊我哪知道，失禮啦，都丟了要哪裡找？神仙才有辦法啦。」

阿婆這一說，康努嘴巴癟了，眼睛紅了，情緒爆發哭得唏哩嘩啦，眼淚止不住。

真糟糕，壞情緒會毀掉好運氣！

「來，我帶他去想辦法。」跟阿婆搖搖手，請她別再說，我拉著康努走出門。

我沒看過康努掉眼淚。

他總是笑哈哈，像個天使逗人開心，只有兩三次，他低

著頭垂著眼閉著嘴，那是想媽媽的神情。

現在，這個小天使滿臉淚水，走了一段路，哭聲停了，眼淚還是成串的滾落，他這麼傷心！

身上沒手帕、面紙，我用手抹去康努臉上淚水，輕輕摸摸他紅色頭髮，一股衝動化成熱流，「我要把康努那件唐老鴨的舊衣服變出來。」

我全身發熱，閉上眼用力在心中大喊：「思念的衣服，變！」

按在康努頭上的雙手熱熱濕濕的，那是康努的眼淚，我收回手在身上擦擦，睜開眼睛打算帶康努再走一段路，卻聽到喵喵叫聲，有一隻貓。

「是我的衣服！」康努叫起來，跑向貓。

喔，地上一塊布，被貓咬著跑，康努噓噓出聲，貓溜了，他撿起那塊布摟住。

我看一下，正是那件衣服，沒有破，只是髒又臭，要花點精神才洗得乾淨。

發現自己就是阿婆口中的神仙，我嚇了一跳。

呆呆看著康努笑哈哈，真是我把衣服變出來的嗎？不會是貓變的？

21 希望他是

「請給康努一個家」，這是我許的願，也是我跟神仙合作要變的魔術。

過了幾天都沒動靜，我告訴鴨子大可：「耐心等吧，這個魔術變很大，要多點兒時間。」

帶著麵包去看望康努和阿婆時，我又提醒神仙：「請給康努一個溫暖愛心的家。」

「喂，等等。」後面有喊聲，我整個人向後轉，是關倩姿。

「好朋友，等等我。」

聽她這麼說，我笑開嘴：「關鍵字，你的發明成功了嗎？」

「還在努力。」

她笑哈哈反問我：「你的魔術練成了沒？」

「不知道。」我坦白說：「要看神仙幫不幫忙。」

「你怎麼來了？」我問她。

「喔，我想看看康努，能帶我去嗎？」

「為什麼要看康努？」

「我想拍幾張康努的相片給艾莉看。」

「誰？」

「艾莉，她是我的好朋友，最近才跟著先生搬來台灣。」關倩姿簡單說明：「艾莉正在找她的外甥，到處打聽都沒著落。」

艾莉的妹妹嫁來台灣生了個男孩，已經一年多沒聯絡，家人很擔心。來台灣後，艾莉查詢戶政、警政機關，只知道妹妹死了，孩子卻不知在哪裡……

「我跟艾莉是同事，那天見到康努，覺得跟艾莉很像，回去一說，艾莉就想要看看，說不定是她外甥。」

找到要怎樣呢？

「如果真是她外甥，艾莉準備收養小孩。」

紅頭髮的混血兒小孩的確是特徵，不過血緣關係要驗DNA才能證實，想收養也要通過一堆法律程序，我只能祝福艾莉。

來到阿婆家，康努牽著阿婆在說話，「你拿什麼？」康努笑哈哈跑過來。

「阿婆，她要幫你和康努照相，要笑得美美的唷。」

「少年仔，這是你女朋友喔？」

「是好朋友啦。」

「好朋友，我要拍你的左手。」關倩姿告訴康努。

康努先伸右手，我指另一邊，他又舉起左手，我在關倩

姿背後舉起手扮兔子，康努也學我，婆孫倆笑哈哈。

用手機照了相，關倩姿又放一段外國兒歌，很輕快，康努樂不可支的跟著扭屁股：「媽媽也會唱給我聽。」

關倩姿轉頭輕聲對我說：「真可愛，希望他是。」

是有可能，我有預感。

22 送你一個家

關倩姿通知我：艾莉看過相片，從康努左手上的特徵確認是自己的外甥，已經請律師進行法律程序。

艾莉等不及要看孩子，請關倩姿陪著來找我，那天，我正巧頂著一疊厚紙板要去找康努。

「走吧。」我帶頭走。

「寫些。」艾莉說得我笑起來，她的「謝謝」說得不很

標準。

在阿婆家門口大喊：「康努，好朋友來看你了。」我故意說，放下頭頂的紙板站一邊。

康努先見到關倩姿，正要喊「好朋……」立刻又看到艾莉，康努突然沒聲音。

「你好，我是愛你。」自我介紹時，艾莉先蹲下身脫去帽子，再伸出雙手打招呼。

喔，那垂在肩上的金紅頭髮和白皙皮膚的臉龐，真的跟康努像極了。

「媽媽？」

康努突然大喊，衝過去緊緊抱住艾莉，在她懷裡興奮的連聲喊「媽媽」。

阿婆慌張的問我：「少年仔，這是誰？會來拐小孩吧？」

阿婆伸手要拉回康努，關倩姿趕緊握住阿婆的手：「不會啦，阿婆。」

艾莉抱住康努說了一堆我聽不懂的話，是哪一國的呀？康努卻「嗯、呀」點頭，好像懂。仔細再聽，艾莉又唱歌，是輕快的兒歌吧。

關倩姿拉著阿婆說話，不去打擾她們，我也識趣地走開，把帶來的那疊厚紙板一塊塊、一片片組裝起來。

有窗戶有門，都能開合，屋裡還有兩階樓梯，站上去可

以扭亮壁燈；搭好斜背屋頂，上頭開了天窗，讓光線能照進去；接著把準備好的筆型手電筒用膠帶固定住，當作壁燈。

完成後，我拍拍手大聲喊：「好朋友送給康努的禮物。」

康努從艾莉懷裡站起來，臉上意外有淚水。

「送你一個家。」我比個歡迎光臨的手勢，哎呀，從前舞台上表演的感覺又回來了。

康努睜大眼，笑咧嘴，艾莉推推他，兩人一起過來看房子。

望著那兩張臉，沒錯，我百分之百相信，他們絕對是一家人，艾莉找到外甥，康努找到「媽媽」，神仙應許了我的請求，魔術成功了！

關倩姿拿出手機，拍下這個「家」和艾莉、康努臉頰相貼的合照，阿婆紅著眼笑呵呵，也跟我一起入鏡頭。

要送一個什麼樣的家給康努呢？我現在知道答案了。

23 康努的新生活

領養孩子的申請手續和過程很繁瑣，幸好關倩姿幫了大忙，協助所有該跑的法律程序，讓艾莉順利向法院申請領養康努。

當社工師和村長陪著艾莉和關倩姿來，要帶康努回家展開新生活，鴨子大可和烏龜老杜也「呱呱呱」、「波波波」出現了，康努開心的抱著牠們。

我告訴康努：「牠們祝你快樂長大。」

每個人都笑了，我的嘴張最大，是我把大可和老杜搬來這裡，歡喜的畫面深深吸引我，我因此開懷大笑，快樂是種好情緒，我喜歡。

一直到康努和艾莉坐上車，車子開動，我才確定和神仙合作變了一場很成功的魔術，不可思議！

車子走遠後，我也準備帶鴨子、烏龜回池塘去。走出老屋時，阿婆嘆口氣：「我會想咧。」她抹抹眼睛。

我趕快摟住阿婆肩頭：「當然會想啦，你疼他嘛。」

阿婆點點頭，又去抹眼角。哎呀，阿婆神情黯淡，該怎麼安慰她呢？

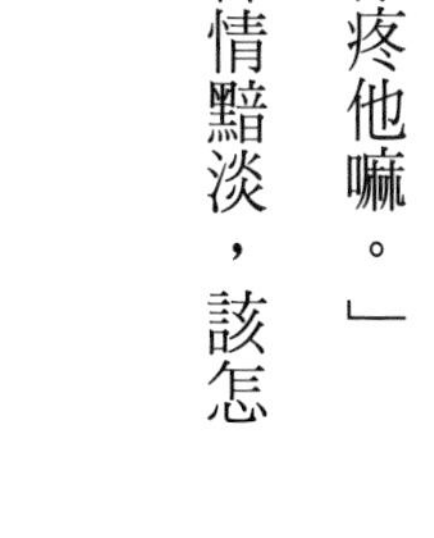

「來，我叫康努跟你講電話。」

我先把手圈成喇叭狀，朝車子離開的方向大喊：「康努，跟婆說幾句甜蜜的話。」心中很快默念：「放送，一段聲音。」再把手靠在阿婆耳朵，果然有聲音傳出來：

「婆，我會想你，很想很想。」

「婆，我會來看你，你不可以亂跑喔。」

「我還要來跟鴨子賽跑，來家吃飯。」

一句又一句，康努的說話和哈哈笑聲，逗得阿婆呵呵笑，臉上有光彩了：「好好好，煮飯給你吃。」

「聽到沒，他也想你呀。」放開手，我又摟摟阿婆。

看阿婆不停點頭，我學鴨子扭扭屁股、呱呱呱叫，大可也跟著大聲呱呱還轉圈圈，阿婆笑得直拍手，「好啦好啦，我沒事啦。」

離開老屋回池塘的路上，鴨子一直呱呱呱：「你做得很好。」

在說什麼事呢？魔術嗎？

「你給小朋友找一個家，你對小朋友好，對阿婆好，這樣好。」大可說。

我有點洩氣，怎麼不是誇獎我的魔術高明呀。

回到住處，我想著「講電話」那場魔術，剛才心念所至隨興發揮，但我那麼自信，胸有成竹……

拿起紙片，我寫下幾個字：「我們的好朋友怎樣了？」

再對著紙片悄聲念：「蒲公英，希望的種子。」

看著紙片成為一朵白色蒲公英，我又輕聲喊：「風，吹起，去找好朋友。」

蒲公英迸出種子飄向空中，飛遠，我在陽光中看著它消失。

幾天後郵差送來一件包裹，是關倩姿發明的「書」，我的手才摸到書頁，封面立刻閃爍出一行字：「記得把好朋友變回來給我。」哈哈，她的發明有進展了。

我帶著書去老屋。

「唔，我看無啦。」阿婆以為要看書，一直搖手。

我搖頭：「請你看康努啦。」

書翻開，是關倩姿傳來的影片，我和阿婆看見康努「回家」的第一天：

新家有許多驚喜等著康努。艾莉的先生大衛和女兒安妮熱情擁抱康努，小男孩好久沒有被「爸爸」抱了，康努心口怦怦跳，一直傻傻笑。

姊姊安妮拉著康努跑向另一個房間，「看，這是什麼？」

房裡擺著一間小屋子，是我送康努的那個禮物——「家」。

漂亮啊，這應該是關倩姿利用3D列印或什麼科技魔術變出來的傑作。

「啊，真好，真好。」阿婆放心了，她一直擔心康努會哭，怕他過得不好。

把關倩姿的書變回去時，一個念頭跳出來：我要把自己送到她面前。

我摸摸自己的臉，再按住書頁說：「進去，」接著說：「謝謝，我喜歡你。」

雙手捧起書默念：「漂書，漂回家！」書立刻消失了，像那本怪書一樣。

很多笑臉在腦子裡出現：康努和艾莉、阿婆、關倩姿、賣菜的阿伯、大嬸，一個又一個疊合上去，最後我看見一張笑哈哈的大嘴巴，是怪書，也是我——小丑阿丁。

定定望著那張紅色大嘴，我慢慢懂了：過去的阿丁魔術師，就是在舞台上逗觀眾開心大笑的小丑，現在，我有了新的手法和能力，應該重出江湖……

「讓大家都歡喜的笑！」心裡有個聲音迴盪著。

24 微笑魔術

阿丁魔術復出了，第一場表演就在村子市場內。

我站在一個大紙箱旁，和所有認識、不認識的人微笑招呼，紙箱上四個大字「阿丁魔術」。

「要看魔術嗎？」我大方邀請觀眾。

有些攤販和顧客停下交談看過來。我打開紙箱探頭進去，很快又出來，哇，我的臉凍成一個白白冰塊了。

「咦，你怎麼了？」路過的人嚇一跳。

我再把紙箱打開，哇，是一個冰箱，打開冰箱門，裡面空空的，冷氣吹得大家喊涼。

我關上冰箱，它變成一個冒煙的大蒸籠，有香味飄出來。掀開蓋子，還是空的，我把頭伸進去，臉上冰塊立刻化掉。

蓋好蓋子，蒸籠變成小腰包。看的人圍成一圈了，喊：「裡面有什麼？」

興沖沖打開每個拉鍊，卻倒不出東西，我對著觀眾攤開雙手，腰包變成一個打氣筒。

「這是在變什麼？」

聽到有人問，我把打氣筒的進氣口夾在鼻頭，彎腰打氣，每壓一下，頭頂就飄出一個氣球落在觀眾手上。

「嗄，是真的嗎？」拿到氣球的人很驚奇。

我請賣蛋的阿公壓打氣筒，阿公用力壓一下，「ㄅㄚ——ㄅㄨ——」，哇，他頭上出現氣球還唱歌，大家都笑起來。

叼著菸的刺青大哥搶過打氣筒：「我來。」他壓一下打氣筒，嘴裡的香菸頭竟然鼓出氣球，刺青大哥愣一下，狠狠瞪我：「還我一包菸！」

搖搖頭，我指指他的氣球，嚇，裡面全是黑色煙霧，大哥嘴巴也噴黑煙，他趕忙取下香菸捺熄，那個氣球就吐著黑煙飛上天，不見了。

看的人鼓掌喊奇怪，紛紛要求玩打氣筒。

「好，每人一次。」我讓大家輪流壓一下。

「啊，我怎麼壓不下去？」輪到穿汗衫的大叔玩，打氣筒卻卡住了。

「你剛才已經玩一次了，換人啦。」後面有個花褲大媽推開大叔，順利壓出一顆氣球。

看每個人都有氣球了，我拍拍打氣筒，它立刻變成原來的大紙箱。

「哈，哈，哈，哈……」招手請大家跟著我笑，哈一聲，氣球就多一點變化，變大、變長、變圓。「哈哈哈哈……」繼續笑，氣球繼續變形，有的鼓出耳朵，有的伸出

鼻子，有的頂出額頭，有的膨出臉頰，有的張開嘴。

「嘿，這很像你。」「啊，就是我嘛。」

發現氣球的臉就是自己，每個人一邊端詳一邊笑，有人試著歪嘴，氣球也跟著歪嘴；有人故意瞪眼，氣球也瞪他。

「哈哈哈哈……」笑得越大聲，氣球也跟著更大顆。

賣鞋襪的阿姨發現氣球上的臉皺眉很憂愁，她忙舒眉微笑，氣球換成年輕美麗的笑臉，讓阿姨看了又看，很滿意。

村長家的外傭瑪麗亞笑哈哈，她手上氣球是個小女孩的臉，「安古，安古」她開心地喊，又吻那張臉，「我女兒」她高興地抱住氣球。

我悄悄收起紙箱，退到人群外，「微笑魔術」是我送給村子的表演。

當然，關倩姿也收到這次表演的影像，我留在她「書」上的魔術，讓我們隨時可以聯絡。

「好朋友，你練成了。」她笑嘻嘻恭喜我。

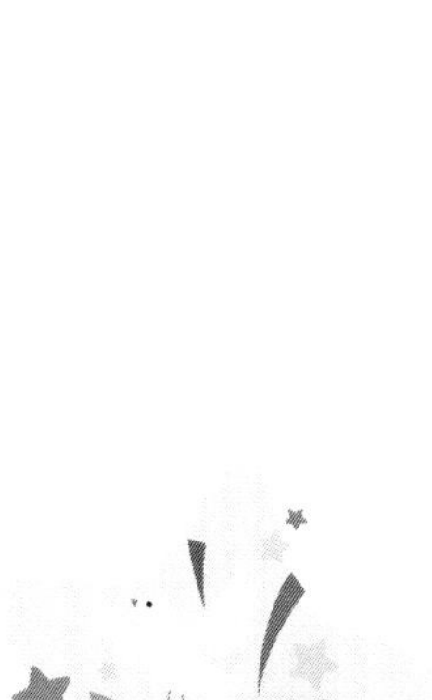

25 尾聲

知道康努要些時間適應新環境，也體貼阿婆想念孩子的心境，艾莉跟大衛隔段日子就帶兩個孩子來看阿婆，還接阿婆去做白內障手術，照護她痊癒了才送阿婆回村子來。

康努的新生活我都清楚，每次回來村子，康努總愛和安妮跑來池塘，呼喊鴨子大可和烏龜老杜。

「呱呱呱」、「波波波」，鴨子和烏龜會回應康努：

「你長高了。」「你長胖了。」

我也總會跟著呱呱叫：「好朋友，祝你快樂健康。」我的聲音更大更響亮。

只有大可聽懂我的話：「哈哈，你說他們還是我們？」

和大可聊天時，我呱呱呱告訴牠：「魔術讓我跟神仙做朋友。」

神仙給我的超能力，讓我順利變成一本書、一棵樹、一陣風、一首音樂；有時我是一個人，也許是老人，也可能是小孩；甚至我也會成為一個氣球或彩色泡泡。

「你變成仙了嗎？」

「我是個不一樣的人。」想一想後，我這樣說，以前大可也這麼說我。

「你還當魔術師嗎？」大可問我。

「當然。」

我又到處去表演魔術，沒有特定的舞台，也不追求票房名聲，我經常到育幼院、車站、街頭、醫院，尋找需要幸運的人，發現他們，幫忙找回他們心中的陽光。這樣做時，我覺得自己更像是心理醫師，諦聽、凝視、了解並且診斷他們內心的問題。

超能力幫助我，讓他們發自內心開懷大笑，很奇妙的是，當我感受到這種快樂轉身離開時，就覺得自己的超能力也增強了。

幫助自己和幫助別人原來是同一件事，我終於弄懂怪書說「找關鍵字」的意思：生命遇到了困境，欠缺什麼呢？我必須找到那個扭轉困境的關鍵，才有辦法順利運用高階魔術，完成幫助別人的本意。

康努的笑容提醒我：變魔術的神仙要讓大家快樂，只要有好情緒，魔術會真實帶來好運氣。

關倩姿還在鑽研她的科技魔術，感謝康努，讓我有話題持續跟她聯絡，她真的是個關鍵，點醒我和神仙超連結，不再鑽入牛角尖。

她的研究發明遲早會成功，當變魔術的智慧機器誕生，

科技神和魔術仙能擦出什麼火花嗎？我有預感，但不能講，哈哈……

兒童文學37　PG1943

魔術魔術快點變

作者／林加春
責任編輯／劉亦宸
圖文排版／周好靜
封面設計／蔡瑋筠
出版策劃／秀威少年
製作發行／秀威資訊科技股份有限公司
114 台北市內湖區瑞光路76巷65號1樓
電話：+886-2-2796-3638
傳真：+886-2-2796-1377
服務信箱：service@showwe.com.tw
http://www.showwe.com.tw

郵政劃撥／19563868
戶名：秀威資訊科技股份有限公司
展售門市／國家書店【松江門市】
104 台北市中山區松江路209號1樓
電話：+886-2-2518-0207
傳真：+886-2-2518-0778

網路訂購／秀威網路書店：https://store.showwe.tw
國家網路書店：https://www.govbooks.com.tw
法律顧問／毛國樑　律師

總經銷／聯寶國際文化事業有限公司
221新北市汐止區康寧街169巷27號8樓
電話：+886-2-2695-4083
傳真：+886-2-2695-4087

出版日期／2018年4月　BOD一版　**定價**／200元
ISBN／978-986-5731-85-4

秀威少年
SHOWWE YOUNG

國家圖書館出版品預行編目

魔術魔術快點變 / 林加春著. -- 一版. -- 臺北
市 : 秀威少年, 2018.04
面； 公分. -- (兒童文學 ; 37)
BOD版
ISBN 978-986-5731-85-4(平裝)

859.6 107003169

讀者回函卡

感謝您購買本書，為提升服務品質，請填妥以下資料，將讀者回函卡直接寄回或傳真本公司，收到您的寶貴意見後，我們會收藏記錄及檢討，謝謝！
如您需要了解本公司最新出版書目、購書優惠或企劃活動，歡迎您上網查詢或下載相關資料：http:// www.showwe.com.tw

您購買的書名：＿＿＿＿＿＿＿＿＿＿＿＿＿＿＿＿＿＿＿＿

出生日期：＿＿＿＿年＿＿＿＿月＿＿＿＿日

學歷：□高中（含）以下　□大專　□研究所（含）以上

職業：□製造業　□金融業　□資訊業　□軍警　□傳播業　□自由業
　　　□服務業　□公務員　□教職　□學生　□家管　□其它＿＿＿

購書地點：□網路書店　□實體書店　□書展　□郵購　□贈閱　□其他

您從何得知本書的消息？

□網路書店　□實體書店　□網路搜尋　□電子報　□書訊　□雜誌
□傳播媒體　□親友推薦　□網站推薦　□部落格　□其他＿＿＿＿＿

您對本書的評價：（請填代號　1.非常滿意　2.滿意　3.尚可　4.再改進）

封面設計＿＿　版面編排＿＿　內容＿＿　文／譯筆＿＿　價格＿＿

讀完書後您覺得：

□很有收穫　□有收穫　□收穫不多　□沒收穫

對我們的建議：＿＿＿＿＿＿＿＿＿＿＿＿＿＿＿＿＿＿＿＿

＿＿＿＿＿＿＿＿＿＿＿＿＿＿＿＿＿＿＿＿＿＿＿＿＿＿

＿＿＿＿＿＿＿＿＿＿＿＿＿＿＿＿＿＿＿＿＿＿＿＿＿＿

＿＿＿＿＿＿＿＿＿＿＿＿＿＿＿＿＿＿＿＿＿＿＿＿＿＿

請貼
郵票

11466
台北市內湖區瑞光路 76 巷 65 號 1 樓
秀威資訊科技股份有限公司 收
BOD 數位出版事業部

（請沿線對折寄回，謝謝！）

姓　　名：＿＿＿＿＿＿＿＿　年齡：＿＿＿＿　性別：□女　□男

郵遞區號：□□□□□

地　　址：＿＿＿＿＿＿＿＿＿＿＿＿＿＿＿＿＿＿＿＿

聯絡電話：(日) ＿＿＿＿＿＿＿＿　(夜) ＿＿＿＿＿＿＿＿

E-mail：＿＿＿＿＿＿＿＿＿＿＿＿＿＿＿＿＿＿＿＿